那就随风

陈国华
著

长江出版传媒 | 长江文艺出版社

目　录

梦　仪

公元二〇九四年
我去世的前夕
世界又一里程碑式的科技
终于得以完成
它的名字叫“梦仪”

它接收了大脑睡眠时的波动
以数字信号传出并翻译
最终屏幕上呈现出人的梦境

有一天我做了这样的梦
人面兽心，我和高中同学赤着身子谈论着人的生殖生理
别人坦坦荡荡我戚戚微微

树心枯了，树靠树皮生长
茂茂盛盛
“树活皮人活脸”
人面兽心，我贪嗔痴恨卑鄙龌龊无人知晓我外表光鲜人人皆知皆敬畏我

我于是告诉自己

“我的一生是有价值的”

但终于

科技发展到了如此境地

我是宠儿我生长在落后世界

科技生长我死亡

我的子子孙孙无穷匮也

“梦骗不了别人”

梦境资料将实现其医学价值心理学价值

其成为一种隐私或者征信

“梦骗不了别人”

未来世界坦坦荡荡又兽面兽心

我走进我孙子的梦

他告诉我

我的心里很幸福

我对爱情忠心耿耿

他反问我

“人的修行和人生价值的关系”

2017 年 5 月 6 日

九焖提督的乌龟死了

九焖提督有四只乌龟
大，中，小，小小
大的那只龟壳有 20 多公分直径
大的那只昨天死了
鱼缸贴在窗玻璃处我站在门外窗口
注视，两分钟
久久不动，死了

下午路过它还是那个姿势，趴在缸里石头上，它死了
第二天我路过，不在了

2017 年 6 月于威海

天北地南

——关于职业

天北地南

天方地圆

黑大米白土地

硬树叶软树皮

绿瓜西黄柿

东湖西海

地池

黑山白水

白西服黑衬衫

2017 年 6 月

一把利刃和一个太阳

小时候
我跟伙伴一起到田野里玩
我们不是动植物亦不是绝对文明
这仅仅是我的梦境
梦的终点是，我被“守道人” 收了
梦的终点是，我害怕地大叫一声醒了

我们沿小河走到地里
河水里全是粪水因为人们不爱护它
我们用火炮炸河水谁跑得慢谁就满身屎花

我们到了终点
是一片种着香的庄稼
香是庙里烧的香我才知道香是种出来的
（ 道教潜移默化地扎进每一个中国农村孩子的心 ）
庄稼里的人不让乱拔不成熟的香我们不听我们拔了
庄稼地旁到处是植物在用花瓣裹着昆虫吃昆虫用牙咬着植物叶子
我们

不是动植物
我们不是
绝对文明

一直在那里玩直到深夜
我们开着玩笑嘲讽最胖的伙伴是猪
我没参与我只是笑
后来我甚至不敢笑因为天越来越黑

无言以对
旁观者有罪

天黑了我说赶紧走别惊动了“他们”
我们还是走晚了
走在半道上遇上了一个人直逼我们走来
田埂只是那么狭窄的一条道
他是“守道人” 之所以加引号是因为我不知道他守的什么道
我只知道我们犯了错而且迟迟不改直到深夜
伙伴都退却了我看好似是我以前的邻居我迎上去想绕着旁边荒坡逃过去
但他手里弹出一个网把我收了

我醒了，我害怕地大叫一声醒了

（道教潜移默化地扎进每一个中国孩子的心）

（我们做错了事就该受惩罚我们小时候偶尔做错事我们长大了应该更理性逃脱野性找到文明）

我在回想我怎么才能下次不再害怕

我要有一把削金如土的利刃和一个明亮的太阳

2017 年 5 月 27 日

六段诗表达我一串梦

（一）我是学子

我们一起上学的十个最后聚了个餐
几个调皮的男生挑了一家很普通的店
不等女生进门就开吃并跳来跳去嬉戏
这家餐厅是冻着的温度很低
墙里墙外的老砖墙上都是冰块和哈气

（二）我是流浪家

我来到北北北然后站到了著名歌手那谁
设置的一个桥下的拳击场大小的吊网里
他经常在这荒雪地没灵感酝酿灵感
我一不小心把白衬衫袖口压到了一颗雪地里的蓝莓上然后袖口蓝了我急忙用袖口揉雪地结果就要洗白的那一刻又揉到一颗蓝莓

（三）我是好叔叔

我带侄子表侄子侄女表侄女一起来到长城上玩他们一起骑着长城的城墙让我给他们拍照我很乐意

（四）我是好家人

一天晴空万里天朗气清夏天呈现出深秋的凉爽我仰望长空

发现好几个小型飞机在训练排队形

我招手结果一架飞到了我家院子并落了下来一开门是我的两个表姐去旅游回来

我问吃过早饭了吗于是赶紧给她们做早饭吃

（五）我是演员

我演了一个学生跟女友校外同居然后学生会来查卫生和早起

我没住他们的宿舍他们还来查我的屋他们没敲门就直接拿钥匙开我说我没住你宿舍他们说你是这儿学生

我说那你也别不敲门就直接进

这个角色的特点是爱激动遇到事情爱辩论我本色出演

（六）我是好歌手

我正在跟乐队演唱那首《好姑娘》 它曾经烂大街我改编了

风格有点像刀郎的西域和早期的欧美摇滚我唱出来觉得这个词不俗且非常动听

2017 年 6 月 23 日

无能为力的月亮

白天不阳夜里便不阴
人就是宇宙
夜里不阴是白天不阳
我便是宇宙
太阳白天不烈夜里的月亮就不柔
我是地球
我是地球上最依赖原始的农民
我是地球上一草一木一虫鱼一鸟兽

太阳用尽全力彰显自己
得以
让我和我的所有植物所有动物所有空气所有水都正常循环生长
万物得以日出而作日落而息
夜里
便安宁了

假使有一天太阳不想工作
他凑凑合合

白天的蒸汽没有上去，白天的植物没有吸收阳光，白天动物没有舒展，白天的人们没有劳作
夜便折腾了
她不安宁啊

寂寞独守着无能为力的月亮
清冷的月亮
月亮想让一切正常
月亮清冷着
月亮遥望下一个月亮
月亮你为何
不遥望明日之太阳

我是水是空气是草木是虫鱼是鸟兽是人类是地球是月亮是太阳
水和空气是我草木虫鱼鸟兽是我
地球月亮
太阳都是我

2017 年 8 月 2 日

梦江南·三点惊醒

（ 15 日定州新闻 ）

秋来到，土地热刚下。

日暮路边青蝗围，夕阳墙角黑蚁爬。

轰震定州发！

2017 年 8 月 17 日

十四行：道理

有一天我梦见很多牛
都到了海里还都会游泳
没有天敌
造成一场灾难违反道理

那是梦
梦里土牛变成了水牛
想跟体态丰腴的海豚
一起遨游

干旱的土地让牛幻想了
仅此而已
土地是牛的本分海水是豚的本分
它们各自美丽

我告诉自己那是梦
别越过去

2017 年 8 月 12 日

星　空

我回到了梦寐以求的农村
初冬
清晨起来撒尿冷飕飕
抬起头
天还不亮，天上的星星还是亮的
就像我的理想还没亮，心中的梦还是亮的
我希望我的心永远像农村真正的农村
初冬的冷飕飕的裹着被子出屋门
在院子月台上撒尿的农村
有的雪化了只有泥水不是污水的农村
就像有冲动冲动过了是热汗不是虚汗
是真实而不是窝囊
我希望我的心永远像农村真正的农村
那里天还没亮但星空是亮的
夜里出来不需要灯
星空是内心的独白灯是外界的喧嚣
我永远希望，我是纯洁的
像初冬的天还没亮的清晨的星空
它是这样的夜空

是昨晚最黑的时候它最亮

我需要的不是灯
夜里的星座清晰明亮它们仿佛在问我
你的热闹，是星星照出来的
还是灯光衬出来的
你的激情，是身体里自带的
还是城市里渲染的

2017 年 9 月 2 日

庄稼地该怎么走

大人不让孩子去庄稼地里玩儿
一队孩子喜欢去庄稼地里玩儿
庄稼地里有鸟语花香
庄稼地里也有庄稼
庄稼地里有田园子
庄稼地里也有田埂

文明的人们不让孩子去庄稼地里玩
其中真正文明的是怕孩子踩了别家的庄稼
伪文明的单单是怕孩子受了荒野的伤害

庄稼地和村落的分界不是道德的分界
一队孩子田野里玩
孩子们同样感受鸟语花香的野性
孩子们路不同

有的孩子踩了庄稼玩
有的孩子走着正道和田埂
踩庄稼的有踩别人庄稼的有的自己庄稼也踩的

踩不踩自己庄稼显得次要可但凡你踩了人家庄稼终有一
　天人家也有人踩你家庄稼
不踩庄稼的孩子别人或许也踩你家庄稼
但你道儿走得正你家庄稼苗也长得好
道德像一队孩子

恪守道德像一队去庄稼地里玩的孩子
文明的人们不让孩子受伤
伪文明的人们让孩子死守着礼
真正文明的人们告诉孩子道理
庄稼地里有个慈祥的阿姨
她守着大片庄稼
她并不告诉你
她站在村头，也是地头
她只是不让你踩庄稼地
但她慈祥得并不能怎么阻拦你
文明的社会只告诉你礼
恪守道德得看你自己

真正道德的大人会让孩子去地里玩
告诉他关心自己别受伤害
告诉他做人必须要有灵气
得去地里

告诉他真正的道德是别踩庄稼
过路只踩着田埂
你既能闻到鸟语花香
又能不伤害庄稼

恪守道德像一队孩子
孩子头儿领着大家在地里玩
只管开拓保障整体
剩下有的孩子乱跑
有的孩子也跨小河也上树但不踩麦苗儿

我是一个任性的孩子
我也跑到麦地里玩儿
爸爸妈妈告诉我不多
我自由烂漫又矛盾不堪
我看多了别人家大人骂坏孩子和坏孩子踩了一鞋底的泥
之后我更懂得庄稼地该怎么走

2017 年 10 月 3 日

所以我们年轻容易犯错

我坐在高中课堂
班长下发并抄黑板班级前二十我落榜
我做梦太浅
梦得太浅就容易动摇就不执着就不优异

老师说你在干什么我说在做梦
现在的我不是真正的我
真正的我现在大学毕业
高中课堂上的我只是回忆或是梦
老师不理解我
整个班级把我嘲讽

我不知努力
以现在的我已是过去
当借口混天度日乐此不疲
老师骂我
我放学走在校园林荫道上

碰见学文的朋友 LXW

我说我已经大学毕业
现在的我是以前的我
并当众扇了她一耳光以证明
我不计后果是在做梦
她说“我懂，像某某某的意识流
所以我们年轻容易犯错”
我一下感到被理解
这是友情

她说
以前的你造就当下的你
当下的你
造就未来的你
做梦也该认真

我做梦太浅
以至于很自信是在做梦
我做梦太浅
以至于很自卑以为梦一定会醒
我大错特错

2017 年 10 月 4 日

猎犬捕鹰

河里血似的红马
岸上风一样的黑马
精灵般的白马
互相竞赛

女人当年因为向往马背而跟了马帮离家出走
猎犬、马儿、猎人
野鹰
广阔的春天田地
猎犬捕鹰
鹰捉猎犬
猎犬咬住鹰项背羽毛站在鹰身上
鹰拖着狗飞起
而后互相脱离

我拿土块扔鹰
鹰一个猛冲尖嘴对准我飞来

2018 年 4 月 7 日

在这阳光灿烂的春天

沈阳又下雨了
雷阵雨
春天夏天的阵雨
雨后清新好空气

“敢问路在何方
路在脚下”
虫子趋光
奶茶杯子要放下（ 读作 hā，源自兰州 ）

你说，旅游能给你激情吗
我说，我的钱老是不够用
你说，旅途让你心情愉快看了风景
我说，玩完了钱不够花又影响心情
你说，你买的书都不怎么看
我说，我三分热度对待事情
你说，做得太少想得多
我说，我太懒不爱打理生活
我说，我知道房间收拾了心情会好

我说，时间充裕但老是浪费滚滚长江东逝水
我说爱学习是借口进步了开心才是理由
我说不爱旅游是借口没钱才是理由
我说，要脚踏实地
但不是别人口中的实地
我说我写诗又开始讲理

我说
生活如意
雨后清新好空气
我说，我不能丢了奶茶
但是
杯子要放下

2018 年 6 月 27 日

梦系列之拳脚

——关于“做学问先做人”

“被我师傅朋友药仙抓着（ zhao ）
他治我，也很痛，老顽童，外表逗趣实则有真功
治起病来下针刀于谈笑之中
我整个腰背疼痛他已经把刀片子从外表穿双肾又出来
火烧火燎忽又冰冷至极
我被他疼爱”

师傅一门是习武
师娘一门是修艺
师娘曾是师傅的师娘
当年看上师傅
门里规定不能，为多接触嫁给师傅师傅

同门好几兄弟
也有师娘领的好几女子
其乐融融
男子各个武功出色
女子每每才貌出众

场景
练功到中午
一起吃饭逗趣调笑
场景
一起竞争上树，雄性荷尔蒙
女观战男豪情

一起对付妖魔坏人
待一起收服处置之时
师傅还有上头的大师傅来
人外人天外天
再大人物曾自山

一起学无形拳
看似打人实际自伤也自我锻炼
几个人很有趣一开始
有的故意假装打自己
实际真打对方取巧投机
被禀告师傅师傅处罚
“一开始是逗趣接下来要正经
开始逗趣是天真
再若这般是不务正业最终毁了功绩”

对外打斗一次便有折将损兵

门内师傅有各行的朋友
各个师兄弟都要有个待见他的
习第二真功

“拳脚是基础
第二功夫是行当
拳脚是基础
打不好拳脚行当亦做不好
无论哪个行当
第一要义
还是先打好拳脚
勿本末倒置”

——2018 年 12 月

路上的行人都开始跑了

（ 一串语音信息 ）

亲爱的兰州即将有大暴雨来临路上的行人都开始跑了。

大风吹，然后天阴了，然后就看到有一场暴风雨即将来临的样子。

我要去洗澡，洗完澡去买饭，然后再买点鸭脖回去，今晚在宿舍学，明天去教室学。

我刚刚才睡醒，睡得特别知足，特别幸福。

我以前老担心。老想早结婚我昨天晚上就想到如果真的可以像我说的这样我可以留在省医的话，一点都不用担心，一点都不冲突呀，然后你读博，然后我上班。多好。

2018 年 8 月，与夏小尘合著

任务是观赏风景

我们是一堆小学生
我们拿着板凳
我们坐在我们小学的小院里
我们今天的任务是观赏风景

传说我们村小学整个校园地基下面埋着一条龙
长 120 多米
传说校园小院南墙外原先有个庙叫龙王庙

我们一堆人坐着板凳朝着南墙外
望
我们的目的是看风景
南墙外有彩色天
彩天近处有座彩山
工人在筑墙
墙越盖越高

起初的我们同样怀抱着憧憬
眼饱着美丽的风景

天是高的远的

一座座山却是炫彩而实际的

工人在筑墙

墙越盖越高

不同班级里的学生凳子有高有低

同一班级里的学生个子有高有低

但我们班里的学生渐渐地难以望出去

天即使依旧在眼里

但不同远近的山是实际，而又炫彩的

我们要看山

没有人不想继续看山

这时候有的站了起来

有的人总以为站起来会挡着别人是自己的错与别人不站起来没关系，然后没站起来继续坐着看着天，眼里没有了山

继续着

有的人就爬上了墙

墙上是灰的土

有的人勇敢地爬上去不怕弄脏衣服

衣服是通过勤劳而洗干净的不是懒做而省干净的

有的人害怕老师呵责
继续站着或坐着

还有的人爬上了树

一眼望见炫彩而实际的山

也许墙头不够高但高过了过去的自己
也许墙外有墙看不到山但见识了墙外的庙宇

师傅说新盖的墙你们爬着要注意
园丁说要尊重不茁壮的树别让它倒下去

我爬上了树
但树弯了
农民伯伯安慰我说
没关系
只要不折
它还可以继续朝天去
你不必自责因为这是生命的规律

2019 年 2 月 12 日

在路上

空调温度有点低
窗外的树枝在后移
我戴上了黑色的耳机

或许到那美丽的海滨城市就会有新的开始
他们说蝴蝶到了大的花园
会喜欢上更美丽的花

或许吧

因为从来都不敢轻言
一些对未来的判断

我幻想有一天
自己会跑到大海边
奋力地游泳
直到周身俱疲
我幻想有一天
自己能赤脚奔跑

绕着那里

有一些东西

我太渴望

这些事物

将带我走出迷茫

2012 年 9 月 1 日

透亮的云

那片天空净的云
竞的云

他们被强劲的风
吹得那么热烈
争得那么狂野

那些透亮的云

只属于秋天
只属于雄性
只属于透亮
和热爱天空的心

2013 年 9 月 25 日

要什么

为何这么多东西限制着我
一颗心生下来到底是为什么

窗外是静悄悄的夜
海边的气候凉凉的
明天的白云定会
如今日般又亮又透彻

何必太在意旁人的眼神
更不该附和没有当初的
不羁与天真

不为什么
便不被限制着
为了什么
当全力拼搏着

2013 年 10 月 30 日

夜　莺

它在夜里唱歌
更加寂静
也更加寂寞

人是要唱歌
唱得出来的时候
是一颗纯净的心

封锁住的
吐不出的

2014 年 10 月 12 日

下雪的天

下雪的天
……

街道上来往的人们
络绎不绝
陆续走着
枯枝干上面的雪花
一刻不停
慢慢积哈

当时的场景
你的脸
有点红

各自的家
……

语言
有时候不去表达

2015 年 1 月 17 日

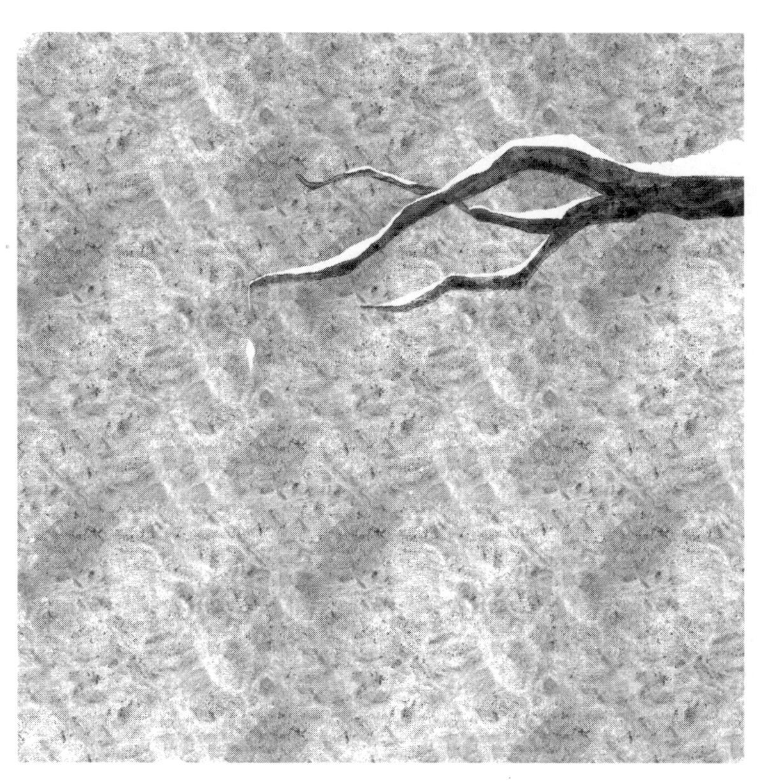

落在豆田

我的梦境里
是土地
是小河

几处房子
朝阳洒下影子
落在豆田

人们推着排子车
阳光不烈有些暖

2015 年 3 月 12 日

远古的叶子

远古时候的树
是这样
任何一片叶子脱落下来
便随其本心的意愿
长成一棵本心的木

本心的木
树叶长到一定时候
便脱落下来
它怀念青涩年华里
一起迸发翠绿的同伴

本心的木
树叶长到一定时候
便脱落下来
这并不是它不合群的意愿

2015 年 3 月 26 日

那就随风

（一）

你的正直使你拥有真正的友谊
你的正直也将使你
能成为有用的木材
贡献出自己
不正是你的心意

如今
你就随风飘吧
在这本该飘的季节里
沧桑不属于你

如今你就飘吧
污浊的空气
不能影响你
如若你深深扎进泥里

你的根越深你的身板越直
长成一根有用的木材
不正是你的心意

（二）

你是乔木
它们是灌木
人生
是一片长满了灌木的丛林

你是乔木
就不该去羡慕灌木
你有你的使命

（三）

它们有的招摇
有的摆弄
有的是一大群勾结在一起
把结果弄得很不公平

可造物者早就说过

生命是一个过程

（四）

随风飘吧
正直的竹子
你早就有了你的心性
你知道你永远斗不过一些事情
随风飘吧
选择了就享受自我的生命途径
叶子随着那清风

2015 年 4 月 15 日

梦里一支歌

sei　yi　a

sei　yi　a

遥远的沙漠有一群人

sei　yi　a

sei　yi　a

要渡过沙漠到达彼岸

sei　yi　a

sei　yi　a

如果驼铃清脆

如果有肯搭他们骆驼的富人

他们才可过去

花上数年

sei　yi　a

sei　yi　a

……

2015 年 4 月 17 日

玉蜀面饭

梦里
我跑回家里

碰上拾纸被儿的穷孩子
碰上打羽毛球的兄弟俩

妈妈坐在门口搓衣服
我问她为啥不喝玉蜀面饭
她说姥爷正给你下面
我问她为啥不喝玉蜀面饭
她说已经喝了很久大米饭
你回来姥爷正给你下面
她说今年收的玉蜀还剩下不到小缸的一半

2015 年 4 月 17 日

吵　架

(1)

一朵玫瑰和一只麻雀
在二十几楼吵架
夜里太静
声音太大

旁边的小动物开着窗户
声音让它听见醒来探探头
就一处亮着
好像就在斜对楼

听一会吧
万一发生什么
听一会吧
万一发生什么

人们都没亮灯

人们都当没被吵醒
麻雀仿佛在告诉全世界
蔷薇花也说尽了苦衷

而小动物
只想满足好奇欲去探个究竟
但终究没敢独自下楼
终究没有亮灯

话讲了很久
人们都没亮灯
人们都当没被吵醒
人们心里嘀咕
可能就是闹闹
万一因为我造成什么事情

自己的事情

而小动物在想
万一发生什么事情
小动物可没想着
蔷薇花和麻雀的叫声

万一发生什么事情
人们便可因它的写作
称赞它为预言家
这是心里的情景

（2）

嗨
尽管造物主早已说了
自然界
除了不出手
就是出手

哲学家说了
所有无为都是恐惧
所有有为都是欲望

小动物可管不了这么多
它关上它的窗
它写它的文章

2015 年 5 月 26 日

疏松疏松的雪球

冬天
天还没亮
我和你
出门踏在去上学的大街上
路灯照出黄色的光
灯下面是
骑着车子上班的人
背着书包上学的人
我突然想吻你
你依然那么调皮对我说
不准

在课间我们打雪仗
大家都是很好很好的朋友
仨女同学悄悄喊我名字
说先对他对象进攻
我保护起来
然后在攻击一个人的一群男生说
再一起弄他

我就躲着
大家揉起
很疏松很疏松的雪球

打在身上
大家仿佛都穿着
初雪一样洁白的衣裳

我们一点都不累
突然我被打了头
然后倒下了一动不动

一动不动
我闭着眼
外面没有了动静
大家全都停下来
我仿佛真的睡着了
在温暖的雪地里
我感受到大家都过来了
突然我猛跳起来
我说“我装的”

然后大家继续起来

疏松疏松的温暖的雪球

打在初雪一样洁白的衣裳上

2015 年 5 月 30 日

散步人

我梦见教学楼的楼顶
天台上有几间教室
楼顶的那头
是正在被拆的废弃的教室

被搁置的趋势向外蔓延
蔓延的源头
好似住着几家穷人的孩子

我打课间散步从一头走来
迎面碰上一个我曾经认识的姑娘
和她男朋友
朝那头走去

她是否是一个
爱心者
浪荡家
或散步人

我只看着天上

平静的云

2015 年 5 月 29 日

十四行：中学

我的脑海里飞过
两只美丽蝴蝶
是两种颜色
它们都曾经来过

我的梦境里出现
三个动人画面
是四种情感
它们都曾感动我

一条道路
一个蛋糕
一捧雪球
好几双手

西装革履
吓得我们慌忙跑回去

2015 年 6 月 14 日

夏天来杯冰奶茶

(1)

奶茶小姐
请给这位男士点杯冰奶茶
水吧小哥
来做一杯给这
漂亮的学生妹吧

他说要少放糖
她说要多加冰
糖和冰
要放对了比例
才能合口味
每个人口味不一样
我对自己说
喝奶茶就像看医生
每个人体质也不同

（2）

沂水凉起来了
因为冬天冷的时候
它是热的
我在这样天气里骑着小车
找几家饮品店
心里想着
那天她来了请她喝一杯
在我看好了的比较正宗
合适的地点
价位高的喝不爽
价位低的不见得有保障
每个喝奶茶的人都
应该在本分里品到尽善尽美

每个做奶茶的人都
应该在本分里做到尽善尽美

（3）

沂水凉起来了

因为冬天冷的时候
它是热的
我在这样夜晚里打个电话
朋友在做披萨
朋友在逛海边
朋友想着明天喝一杯
夏天的冰奶茶

2015 年 7 月 26 日

诗和幻想

勇敢飞往自己的方向
洒脱飘向向往的天堂

诗是一个人自己
诗让人想起
要做自己

有了登上天的幻想
有了爬上树的魄力

2015 年 8 月 20 日

未知的城市

未到的城市未攀的山　未遇的人儿未涉的川　乌市的馕饼和手抓饭　打工的地方旁边　有个新华书店　在厨房　我学会了炒蛋炒饭　炒拉面　炸鸡翅和鱿鱼串　于是我想　将来自己成就一些梦想　带你去天池　带你一起写诗　带你见未知的人们和　远方的城市

2014 年 1 月 10 日

希腊神话

——源自看希腊神话那几天的一个梦

(一)

两条腿的怪物
四条腿的猛兽
驰骋在树林里
一起冲向林中房子

我身上还沾着些野性
我有幸见识了这趟活动

林子中，屋子里
巨大的恐怖东西

两条腿的怪物
四条腿的猛兽
驰骋在林子里
一起冲向林中屋子

我曾结识一匹凶悍的狼
以它朋友身份
得以混在
这么一群

我有些怯懦
在我的意识里
我说能否隐身
他们说隐身等于不隐身

我见识了怪物们接济临危的朋友
我见识了野兽们英勇冲向那屋子
我也看到人头人面的东西
在那恐怖前
害怕得下跪出汗

（二）

树林里相杀成一片
恐惧来临之前
屋子里欢笑声一片
恐惧来临之前

2015 年 7 月 3 日

做个孩子

如一只母羊
为羊羔喂乳
如一湖碧水
给鱼儿平静
如一片夜空
赐大地静谧

是啊，你不是苍鹰
没有弃孩儿于崖下的魄力
你不是大山
没有坚硬的臂膀给小树伟岸
你不是太阳
没有耀眼的光芒
照在花儿身上

可是，我却永远想在您的呵护下
做个孩子

2013 年 5 月 9 日

青　蛙

——献毕业生

游到湖边

望着外面

外面的世界好似有些干

不及这里柔软

马上就要脱离这水踏上土地

此刻望着你真的很是美丽

我记得那日

曾对一个还长着稚嫩尾巴

的孩子说

真羡慕你

他却对我说

每一段过往都是记忆

每一个现在都是美丽

何不羡慕你自己

2013 年 6 月

蛤蟆公主

——一首讽刺诗

我是“学霸”
我谁都不怕

我是那么热爱学习
图书馆
是我的
天地

呱呱，呱
我的天籁之音
想必
让所有老师振奋
所有学生欢喜

亲们
我才是公主
我最热爱学习
请叫我

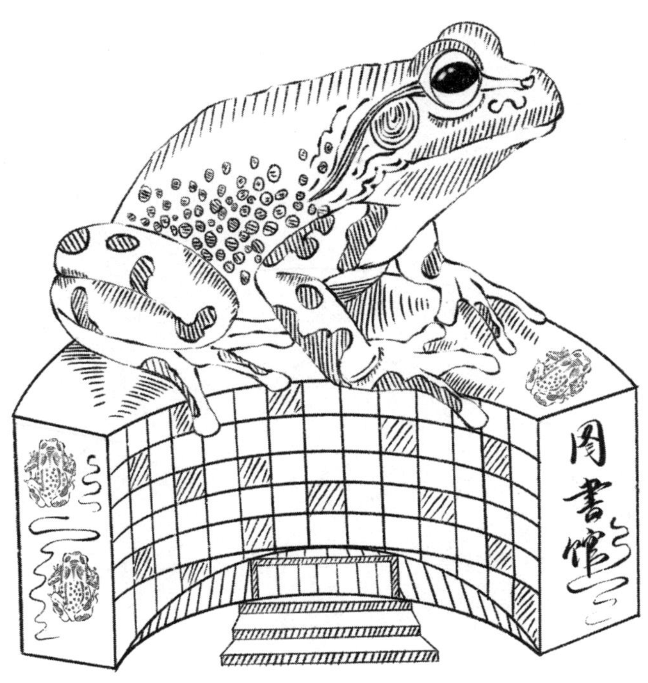
图書館

蛤蟆

图书馆……

不是大家的家

是我蛤蟆的家！

2014 年 9 月

麦　芽

（一）

麦子是个多情的种子
麦子不是滥情的种子

麦子曾经也为自己内在的胚乳
陶醉
那是激情
但也迷茫

既然落在了这片地
承诺给了这土壤
那便在这里发芽，生长
他曾经也想
归到当初的风里
他的土会为他哭泣
他伤心她哭
他抑制，压抑

面对自己

面对自己

他决定了

决定了，便平静了

当初的风注定是风

风是往事

便往事随风

种子，是要把心深深扎进土壤

决定了

便平静了

也感谢曾经的风

（二）

感谢

无论我怎样

一路照耀着我的阳光

2015 年

修的路，和女人

（一）

修了一条路　方便了不少事
修了一条路　开了不少店
修了一条路　变化了不少心

（二）

这儿　开了个 KTV
年轻男人们　有的来这聚会

那个女人二十二点半
停车在路边
几个男人在门前
那个女人只是在那等
那个女人只是在那等
那个女人只是在那等

2015 年

去吧去吧

——纪念汪国真

（1）

还是第一次
如此冲动地想去参加
一个名人的追悼会

我不去多想你是喜欢安静
还是热闹
我只是用我青春的心去揣摩
便让热爱你诗歌的人们
去瞻仰你吧
诗人的心啊
是那么清高
又那么寂寞

去吧去吧
诗还留在人间

精神便永垂不死

（2）

黯淡的日子里

你的诗是我的力量

晴朗的日子里

你的话语让人更加激昂

正如你本人的性格

你的诗歌清朗、通透

赐予青春无限明亮

（3）

还是第一次

我真想遇见几个

一起前来的朋友

青春的心

如你的诗歌一样

2015 年 4 月 28 日

夏日到了

夏日到了
我望着教室窗外
遮出淡淡阴凉
绿绿的法桐
可我写不出这环境

夏日到了
依然每日听着
新楼工地上钢管锤子
叮叮铮铮
我想起舅舅外公
我写不出
这歌声

夏日到了
一个没有电话的大汉
想看海找他表弟问我打听
像极了电视里的场景

可我

写不出我心情

2015 年 5 月 13 日

时间在走

蜡烛站在最高的
那个柜顶
光
昏黄
厨房里，餐桌旁
父亲，妈妈，哥哥，我
这个傍晚我九岁
妈妈，三十一

老家
病床边
她掀开被单
刚拧了毛巾的手
擦拭着
祖母的胳膊
和无表情的脸
那个夏天
奶奶六十三
她三十六

又过了五年

母亲站在要装修的

小楼前

等着看明年

贴着喜字的玻璃

瓷砖

2014 年

每一刻半梦半醒

我在我的小学校园里
接受高中数学老师的课
我逃了第一节，第二节不好意思再进去
可老师没在乎我

老师讲到最后一道题
从某同学手里
拿试卷分析
结果他手里有一份印着我名字的空白试题
老师呵呵两声喊出我名字
我说我没期末考试

讲完课同学们都看着我
我说我当时不在家在某个南方城市
老师没说什么
只是一句
你怎么变成了这个样子

我说我没有变

同学们纷纷说我干别的事得把学习先搞好
你要在乎平时
我说我很在乎平时
脚踏实地不是期末考试不考试
同学们看着我说“你真的在乎平时？”
我没底气地讲
故作勇敢的“是”

老师整理了每个学生三年的期末卷子
只有我的欠了一份
同学们讲平时的分会算入高考的分
我说我不后悔
老师说　“没问你后不后悔
你现在怎么变成这个样子”

我说现在几号
他们说二十四号
我问是不是八月
他们说是五月

2014 年 8 月 28 日

再小一辈的鸟儿

几根老的支气管
对新一代的不踏实
吱吱喳喳

再小一辈的鸟儿不听话
傍晚非要跑到墓地里
把那磷光好奇地观察

小旅馆小歌厅
猥琐的小杂工被
更贪婪的老板骂

大街小巷里
到处悸动约会的男女俩

2015 年 1 月 4 日

你继续飘摇

一棵野草
一朵花儿
野草在风中
花瓣飘来

尽管那么远
野草可以放弃
迎风的一个姿态

花儿说
你继续飘摇

2015 年 2 月 13 日

芦苇的叶子

几棵芦苇
生在渠里
叶子随风吹
根是在一起

水在流
小鱼也会穿来
穿去

冬天里
大雪会覆盖了
冰会结住了渠
孩子们会穿着厚的棉袄
几个一起

他们在渠里滑冰的时候
偶尔会注意到
有的还露着头
有的藏在水底

芦苇的叶子

一起随风吹

等冬天过去

2014 年 12 月 5 日

秋天的草本植物

小西瓜藤
长在要落叶的树下面
它把秋天错看成是
它的春天

2014 年 9 月 21 日

天净沙·醉

枯藤老树昏鸦，小桥流水人家，古道西风瘦马。夕阳西下，酒憨者在天涯。

2014 年 5 月 19 日

虾和蟹

有的鱼喜欢虾
有的喜欢蟹

虾走自己的道
身体不窄不宽
刚刚好

蟹总是担心被别人侵犯
摆出一副霸道的模样

虾会偶尔谦让
纵使自己蜷缩蜷缩
那也不会有多受伤

蟹有宽的身躯
但虾有阔的胸膛。

2014 年 2 月 27 日

七百米长堤

他们要穿过七百米长堤
长堤很细
横跨在滏阳河上
长堤之外不知水深多少
他们要细心走过去

从一头大岸上往十米下
长堤旁，水平面上望去
他们看到好几个游动的东西
看来看去
他们看出这里是一处
乌龟的聚集地

“我害怕水深，我不敢穿过去”
“我对跨堤不再感兴趣”
他们找到了网兜子
把乌龟捕起

2015 年 9 月 4 日

黑　夜

我走在黑夜里
我有些害怕
每度黑夜
我都亮上明亮的灯

鬼也是通情达理的
后来我听自蒲松龄

后来我说
我没做亏心事不怕鬼找我
后来我说
我让人伤了心都是我至近的人
相关的不会跟随我
后来我说
我平常难免做了点苟且的事
黑暗的恐惧赐予我自觉

他们说也有恶鬼
也会出来找好人

我说鬼也有正义的会来帮我

他们说鬼也有沉默的
我说我不做沉默的人自会
有不沉默的鬼

他们说看谁厉害
我说那么我就多跟善鬼近乎

梦里我走到善鬼的甬道里
白发苍苍的老人
跟
嘻嘻哈哈的孩子

我不再开灯
黑夜给了顾城黑色的眼睛

2015 年 10 月 10 日

我给学心理的考研朋友打电话说的那点焦虑

（1）

某医大
一导师
机会，去西北
他研究的人群健康
范围

博物馆
省会
一个人牵着
一只狗
围观的人群
怕狗的人被狗追着跳跃
不怕狗的把狗稳住了
原来狗是机器的
原理是你越动它越动
你越不动它越不动

（2）

我给姑父讲
推免
报录比
导师见面
姑父说
那这样吧
……
但不见得有结果

父亲帮我填体检数据
眼内压多少
写上之后那人说有点高
“高了怎样”
“可能有点自卑”
吓得父亲慌忙刮掉

2015 年 11 月 1 日

衬衣不是毛衣

毛衣不是衬衣
衬衣不是毛衣
毛衣脱下来往床上一扔
衬衣要挂起来
拿个衣撑

衬衣学不了毛衣
就像别的学不了它自己
毛衣有的东西我没有
我的东西便不能再丢去

2015 年 11 月 4 日

草地上

做不了将军的战马
他便只想
驰骋在草原

光荣地死在战场
要么把自由挥洒在草地上

2015 年 11 月 16 日

很像过去

我明天就要结婚了
我跟发小去滏阳河游泳去了
顺便钓鱼了
我们去别家菜地里偷拔了
做菜架的竹竿

我的最短
总是够不着鱼
总是会钩到自己

我们在一拐角处
钓到了好多鱼
拐角处
河对岸风景很秀丽

回来我们去了小时候常去的庙
转了一遭
回来他们商量起要给我随礼
回来发小的母亲非要让我吃很多东西

我们在一个家里坐下来
打牌
顺便讨论着班里的事情
我说我得先走
去教室看着他们今天我是值日班长

这是我的小学
它盖在乡野里
我走了一半的路
突然从天而降浓浓的雾气
仙境似的
我赶快回去
回去后我想提前到了的同学
不知怎么的

家里院子里
妈妈按了开关的洗衣机
在小院里转着
他俩在屋里看电视
天变了他们没注意
我说很神奇
他们看了一眼外面外面正下着雨

父亲看看我

把我说的事热心打电话给外面

他们很逗趣

一点不在意

父亲有点不高兴

很像过去

2015 年 11 月 19 日

东　西

麻雀有时候焦虑
麻雀它不知道自己是个什么东西
麻雀你就是个麻雀
你做不了鹰做的东西

麻雀的人生格言是
不热情，毋宁死
麻雀它天天撞来撞去
这期间也干了点叫正义的东西

麻雀也想安静得像一只蚂蚁

麻雀有一天来到校办事处
老师不在
麻雀第二天来到校办事处
老师说你回去等两天
贷款自然到你卡里面
麻雀第三次来到校办事处
说一个多月前自己的打进来

现在又等了好多天

老师说你叫什么名字

“我叫麻雀”

老师说没有你再问问生源地

麻雀第四次来到校办事处

老师高高兴兴地忙电脑东西

说等下

然后又不急不燎地接一个电话

然后忙电脑东西

等了一会

我问老师

老师好了吗

老师一提神

“噢，我把你给忘了”

“你叫什么名字”

“我叫麻雀”

“噢，在这里在这里”

麻雀很烦

麻雀心里有点不舒服

他问起别人

说这个管贷款的老师姓李

噢，李老师

麻雀也想安静得
像一只蚂蚁

2015 年 11 月 19 日

长　河

长河，墙壁，落日圆
孩子和诗人

2015 年 11 月 23 日

他在船上看守

我在二十五年后
一个寻常的梦里看到了
未出生时候
舅舅家正建的新房子

盖在滏阳河边上
中午他正在船上看守
旁边跑来一个舞动的年轻姑娘
对他说
这次一定能钓到大的

我真真切切地看到了母亲形容的那时候
我二十三岁的身躯
站在二十五年前
我未出生的那时候

我站在堤上
看着眼前的景

堤，是一条路

我站在堤上
看着眼前的景
我突然意识到
我的身躯穿过了时间
回到了过去
我明白越往前方跑
回得越远
我也渐渐清楚
那时候看现在
也美得跟景一样

我抓紧往时间的正轴
长堤的反轴
奔跑

2015 年 12 月 1 日

梦里吻你额头

亲爱的，我只想
在梦里，吻你额头
那是我最真诚的方式
是我最纯洁的时候

异地恋让我更清醒
深深爱着一个人
它跨越了春梦

遥远的距离
它并不能
隔断两颗靠近的心灵

亲爱的
我想你
距离太远
我只愿做一个
吻你的梦

2015 年 12 月 5 日

十四行：炊烟

夕阳西下
鸟儿回窝
我们坐在柔软的院子里

柴草，火炉
炊烟升起
柴草在炎热的季节被晒得很干
在哪里都能点燃

把柴草弄到家里的人们
目的是那炉上的锅
锅里的粥
围着锅边跑着玩的孩子们

柴草自然愿意随时点燃
但柴草更愿
看一个家门里，袅袅炊烟

2015 年 12 月 9 日

一块红布

于欲望中醒来
在自觉里睡去
这之间
把灵魂交给了魔鬼

无数次的改邪归正
一回回的重蹈覆辙
这之间
把自己交给了魔鬼

我也曾经问自己什么时候停
不知道
我也曾
告诉自己
不停能不能

至少是不能光明

“那天是你用一块红布

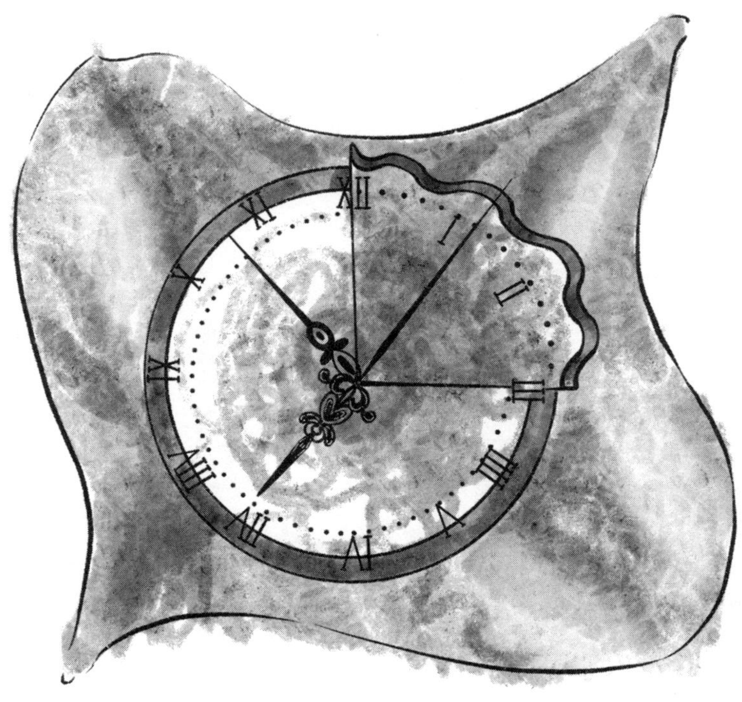

遮住我双眼遮住了天”

2015 年 12 月 12 日

四月的青草

我的精力
犹如四月的青草
青草上剔透的露珠
犹如七月的河流
河流里来去不息的游鱼
它犹如十月的果树
果树上结实的苹果
犹如十月的秋风
犹如十月的高山
犹如十月的天空

2015 年 12 月 22 日

欢乐灌透下雨天

这里有许多硬币
走来走去
歌声洒了许多年
欢乐灌透下雨天

这里有许多硬币
走来走去
有的是圆形、方形
不规整

一直走
不断走
目的是否
是让自己越来越光亮

越圆越走
越走越亮
越亮越快

越快越圆

2015 年 12 月 29 日

冷空气

空气冷
空气有点冷
我也是冷的
我什么东西都不吐
我什么话也不多说

这冷的氛围
让每棵草都没有生机
让每只鸟都不言语
越长大就越冷
太多没有生机的叶子挡了
阳光
太多鸟受伤
太多活力的叶子随了大流

2016 年 9 月 10 日

梦动物园

在滨州与临沂交界的一个地方
我见习期间去玩耍
碰上我的家人来山东
我们说要去观赏一处风景

它坐落于一个村庄
景点附近的一个家门楼上
展示着一个三维的古时布局图
一群马、不同方向
头上的几匹垂直向画外，到尾上
平面放在画里

还原了的杨树
规模地长在入口处
一头竖直，到另一侧
转为平行
来代表画里的马

一头小牛走出了杨树林

我跟哥哥继续往前走
卧着的眼睛极有灵气的羊站了起来
一大群大小形态各异的彩色鸭子
鸟尾巴状肥大的猪

我们一边看着走着
后面一直紧跟着一个丑陋的怪物，长一米
身直径 20 公分，四条腿
随时想咬我
我总害怕，想赶走它
老爸说它是蛇，吃人也保护人
来玩的都要租一个它跟着
我问什么时候咬人
他说什么时候你对它狠

我们走过了路我说好奇怪的动物园

2016 年 4 月 27 日晚

我说半条虎

“一山不容二虎”

我是半条虎
自卑带走了我的自信
我不敢行动
纵使有满腔的激愤

我是半条虎
懦弱削弱着我的意志
我行动了，为新的好想法
半道却夭折了，不够彻底
我的行为于是显得可笑至极

我是半条虎
我直言不讳，为人坦诚
但那是之前
如今依然看不惯
但变得婉转
我说别人都那么无耻地

在侵害你或那么无公共意识
你对他说两句却没有厚颜
相安无事在这个世界里
是多么扯淡的哲言
我把婉转当虚伪
人的唯诺莫过于自己的思想限制自己的行为

我是半条虎
行动配不上雄心

2016 年 5 月 21 日

听莫砺锋先生讲李白

李白乘舟回来
人间处处是小李白
这魂飘入十八岁青年的心
又回到月亮上

难之蜀道
它告诉我你要踏实做人
不要多说话
黄河之水
教育我说
你遇到的跟曾经的你一样
你也多抨击他两句吧
万一给鼓励坏了

谁知道你说的哪句话鼓动了哪个自己
谁明白你不说什么话就不会怎样
除了别人就是自己
除了做就是说
除了听就是讲

除了沉默就是言语
除了不该讲就是该讲
百分之五十你说重要不

可年轻的无畏
占到一半了吗

你越是猥琐
越是胆怯

2016 年 9 月 4 日

狐狸和狼

一个是狐狸，一个是狼
在兽王面前
谄媚和高昂
狐狸的东西来得轻易
它也失了一些东西

一个是狐狸，一个是狼
在日常里
诡计
和正面出击
狼
费了挺大力气
它也增强一些东西

自然的定义

关键的
如你是狼

别去做只狐狸

2014 年 12 月 12 日

参天大树

大树的枝干伸向长空
大树的叶子曳曳随风
大树的根深深扎在那里
大树不是蒲公英

2014 年 12 月 13 日

去嘶一声，去拼一拼

云层里透下了白日
万丈光芒
北方被风吹了的秃树枝
咯咯吱吱作响

但绵羊的体质
不因冬日的冷
而更强壮

它不如老牛肯吃苦
不如马儿爱奔跑
不如小鹿
能减轻自身重量

它不去担负货物
不去向往远方的草场
不去享受林子里自由跳跃的轻扬

绵羊啊绵羊

你更不能去比那猛虎、那豺狼

那猛虎野心比谁都大

它活得也比谁都精神

那豺狼

地盘让人侵占

它还去嘶一声，去拼一拼

去嘶一声，去拼一拼

去嘶一声，去拼一拼

2015 年 1 月 1 日

蜂

我想我不能是一只鸟
我得是一只蜂
于你我的爱情之中

鸟儿它单是在欣赏
同时它还在看着另外的花
它不懂，如陶醉自我那般
沉浸于你我的内心之中

蜂却专心
沉入你的怀抱
认真触碰和聆听
你的心声

蜜蜂这一朵
我的这一生

2014 年 3 月 1 日

城

雪一片片地下
花却开上了枝丫
那个城市有美丽的神话

坐在单车后座
迎着风，那种温暖
紧贴着背转多少弯

那时我最喜欢的事
是牵着你的手
融入六点钟的夕阳

而今的天山脚下
再回首
观你明净眼眸
晚霞中
又显深邃

2014 年 1 月 24 日，与夏小尘合著

脱　缰

一只马儿
既已脱了缰

脱了缰，也便没了安稳

一只马儿
既已脱了缰
那便去找你的方向

自由不是浪荡

2014 年 12 月 6 日

孤　雁

——记北京西站一流浪汉

一只落了伍的雁
一个无人问津的岛
羡慕一片落叶

2013 年 7 月 24 日

朝阳影韵

——关于烟大

远行列车
梦开始的地方，一池荷花
来来往往

2015 年 6 月

做一只鸟

风口，浪尖
有一只鸟
让人看见

他曾飞到天国
他听说过有的鸟儿一生中
翅膀从未夭折
这不是传说
但他更坚信
生活
大多数
普通平常的经过

做一只鸟
永远站在风口浪尖
目的不是娱乐
目的不是表演
目的不是刺激

目的不是勇敢

2015 年 6 月

春天里，我种下几颗花的种子

春天里，我种下几颗花的种子
弄来的土很贫也很硬
花没能发芽
但我没去管它

生活的窘迫
打磨着我对生活的热情

“能挣点外快就挣点外快”
我很讨厌父亲说话的不合时宜
我很少给他打个电话
他很少问及我学得怎么样
他很少问及我医学考研紧不紧张

可我反过来一想
今年我都二十三岁了
比起十八还大了五岁

在这样的三月里，我种下几颗花的种子

弄来的土很硬也很贫

花没能发芽

但我没去管它

2016 年 4 月 10 日

微黄的风

那是一个收获的秋季
叶子要落但还没落的时节
考研成绩在这一天要公布下来
我们高中同学头天夜里回到了高中来聚会
还是我们宿舍，又一起睡了一觉
聊着天听 A 说 B 在 C 的大学同学圈里
找了个女生在谈东西我说他没安好心大家咯咯大笑
大家快天明时一起醒了翻着滚打了一场

那是一个收获的秋季
叶子要落但还没落的时节
男女生都从宿舍跑出来
大家迎着秋天微黄的风
跑过校园大道出了校门
所有男生都还那么有活力
所有女生都穿得简单漂亮

2016 年 2 月 28 日

开　示

我扮的是狼

我们建议下次班级聚会就一起到一个大公园大家一起扮演森林里食物链上的动物们这样就能优胜劣汰永远保留努力生存的人

我追几只狐狸

体力太差追不上

快追上时旁边又来了只很大个头的狐狸王

我不知我能否击败它

我害怕死，我选择逃

狐狸王走了，其他几只狐狸追起我来了

我依然害怕

后来想想我们应该提前说好几只狐狸可以对抗狼，“概念记得越死，用得越活”

铁门要锁

一人从我手中夺过去

我一看是爷爷

天色已晚了

他带另一个爷爷进来说

这次这个爷爷帮助咱们一起完成这件事

他们说这里是我们的地方

借由梦带你来看一次

他们给我一堆废铁框让我把另一边门挡住防止其他人来干扰

我照做我说这次还有很多狐狸和狼

听到了它们然后爷爷说赶走就行它们不上岸

爷爷的家突然变成了堤，旁边是草地他指的是它们不会越过草地不用怕

爷爷的家，是我们家，他先到那边守着

也打理着我们的不顺和吉祥

他坐把椅子一个人靠着

他这次是第一次带我来也是给我开示

我记得清清楚楚上次的梦一模一样不过是哥哥

两个爷爷带我到另一个地方

四面环海

百平土地

架起铁塔

我们坐塔顶

爷爷架着我

我们一起飞速地在空中驰

从海底到海底

从树根到球心

从科学解释不了的地方到另一地方
光线暗淡
绕了好久
回来说这大体是我们的领域
回来爷爷对爷爷说
今年比去年润雨更多
我问
他们说就是收成好，家里有好消息
我特别高兴
我们回家
踏着被水漫过的堤
我后面跟了一个植物爷爷说是给你增加附着力用的怕你
　爬坡时候滑
我们回家了他说你走吧
他继续坐椅子上独自靠在那里守着
光线暗淡
天色晚

2016 年 10 月 21 日

心如猛虎

我实在很难压制它
仅仅因为年轻吗
它是一股劲头
强大

我实在不想遇到它
受了折磨了吧
它让我思想发芽
然后呢

我实在很无可奈何
我告诉它你水平低点
它不懂我的话搞得我
很想表达

这一年我二十多
心如猛虎
心如猛虎
心如猛虎

不能细嗅蔷薇

2016 年 3 月 7 日

青玉案五首

初之：青玉案·无题

冬风已远港城东，玉雪空，仍来梦。孤身归罢又匆匆，
戎州马龙，斑斓水幕，奈何终不逢。
曾也经年南北游，途指蓉城过自贡，窈窕隐隐蒹葭嗅，
春夏秋冬，曾也高朋，如今谢天公。

杨柳雪：青玉案·赠义弟顺铭

意气男儿港城东，跪黄海，结契盟。匆匆萍聚萍又散，
常常别离，久久不逢，夜夜海浪声。
暮云共雾寒色浓，迷途难落远征蓬。曾是诗文好朋友，
泪阅词作，如临君面，贤弟与愚兄。

巴山：青玉案·考研升学

读书须至何年了。兴趣广，资金少。度日真潦潦草草。
小驹有志，青山不靠，又怎得温饱？

三八最是时光好。淑女窈窕我知道。沙漏滴滴滴醒早。
奈何我辈，有心不老，又怕容颜老？

网事如风：青玉案·瞅我不在

两弯对蹙挠心考，书本白，额头焦。暇光总归无限好，
三杯两盏，青玉伏案，岁年不觉老。
社会水涨船高，奋书疾目总觉少，忙里偷闲才得妙。尔
等三宝，瞅我不在，又乱戏风骚。

半岛青年：青玉案·赶考

薄雾浓云没港城，路蒙蒙，影匆匆。不奢折桂于蟾宫，
少年义气，款款痴情，只愿终不悔。
梦中戎马枕金戈，剑过扬沙现冰河，凯旋卿卿媚秋波。
壮志犹在，佳人未老，岂负少年头？

与友人合著

推理小说

在一个刚进入的城市，一天
和两个逗的朋友看电影
遇见了曾经遇见过的一个女生
和她男朋友，刚从影院出来
我的目光一刻没离开
她倒是没看我，但从她斜着头的角度
能明白她在用余光扫着我

我终于没能按捺住
又怕认错人，我说
“你是我曾经认识的一个人吗”
“是的” 还是那副不冷不热的浅笑
“你俩更有夫妻相了” 我寒暄道
大家都笑了

几句话后，她男友掏出个手铐
“我尊重你的人格但这件事是不是你干的”
我不知所云
她走过来，说，我问问就知道

她把我拉到一边

她是个平素爱看推理小说的姑娘

2016 年 3 月 22 日夜

目　光

有一棵生物，若没了光，死亡

目光

逆风去做一件事
可以是远离迷途
也可以是通向错误

2015 年 6 月 23 日

青年旅社

幻想着以后
每年去一座城市
住不同的青年旅社
听文化人儿聊文化天儿
我并不多说话
我坐在一个小角落
烧着水儿喝着水儿听我手机里最耐听的歌儿
我读书，毕业，参加工作，挣钱
挣了钱就不为自己印诗的小钱儿发愁了

别人聊定计划今年看多少书
我看书少，但我灵魂的孩子们使我自信
它自然只是一个表面，不过尔尔
但是
表面和内在必须有一个要在路上
我当然还要热心积极地走生命路，努力地静心多读书
我幻想
到不同的青年旅社
到最后我闲聊两句然后留一本诗集在旅社

我在诗集上面签上“祝 XX 青年旅社越办越好” 之类的
好让他们能留下
签上“河北诗人陈国华” 以显得厉害
我幻想，很多思想还不僵硬的青年有几个到了这里能读
到我的诗，然后有的竟然朝店长打听，我幻想
我幻想
我能每年去一座城市

2017 年 2 月 22 日

输液盘

Nurse is an angel.

——Florence Nightingale①

傍晚我睡了睡得不知天高地厚不知白天黑夜不知进取不知堕落然后做了一个美梦

落叶归根
我们做踏实的人
导师很出色也很不通情达理
她要做胸穿让规培生和实习生来看
也来了年龄小的见习生和年龄大的在职大夫然后她通通地赶走了她说我们要做踏实的人什么时间该做什么事就做什么事不要提早也不要推后
我们要做踏实的人

她让我去护士那借个输液盘我借了
回来大家用来用去里面的东西

① 即护士教育创始人弗洛伦斯·南丁格尔，此处引用她的名言，护士是天使。

最后我脚踩一个针头发现针头掉了一地
然后有两小把其他针也都跑出来散落在地上污染不能用了
里面是各种针我赶忙捡起
护士来了她曾是我一个要好的朋友
她很伤心说这都是我自学的其他东西你都给我撒了我说不是我弄到地上的
她说是你借的我说我借的时候盘里没这东西她说有

我也生气也故意气她结果把她气哭了

她曾是我一个要好的朋友
Nurse
is an angel

2017 年 3 月 28 日

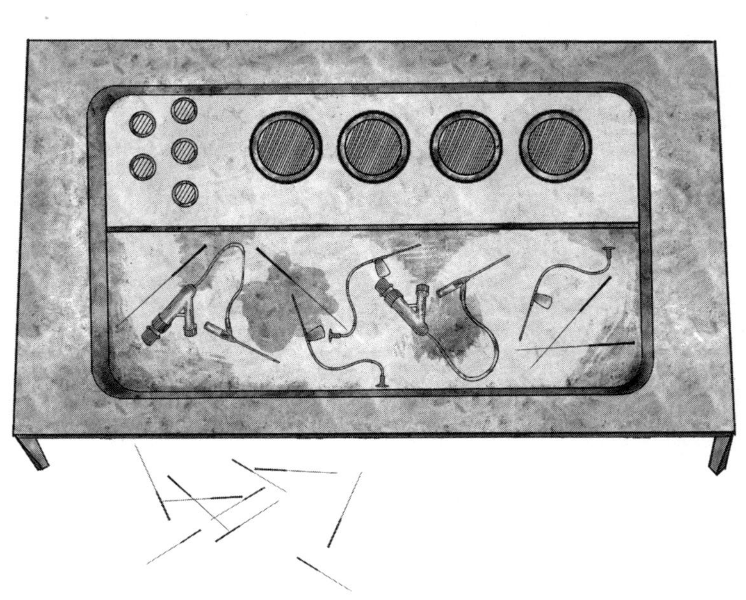

庙　会

大舅家的儿子，四姥爷家的孩子
他们都三十岁了
早已有了儿女
他们玩耍到大，他们各自成家
他们今天一起去
我的小姨家

今天是她村里一年一度的庙会

哥哥过正午才回家
我过正午才回家
都慢了去我们的
小姨家

我们一步一步地走到几里地外的家
表哥和表舅一路上俩人说话
他们说这两家过得不容易
我家和小姨家

明明可以不这样生活
都是孩子们不听话
他们边说边哭
男儿有泪不轻弹

2017 年 4 月 27 日

土地清洁化

土地清洁化
假期里我又自己田间散步
散到了离地头较远的土地
大叔们停着拖拉机挑着铁锹挑拾垃圾
从多年前一直倒垃圾的垃圾地
后分类拉出去

农村城镇化
老房子拆新房子盖
一排排
上学大半年后回家
竟认错了自家的巷子

人口老龄化
到姥姥家
姥姥照旧从小橱柜里给我捧出一捧晒干的果干
慈祥
我妈妈爸爸姥姥
然后一起在数妈妈有几个姨夫

姥姥按哪几年几个结的婚进行数
妈妈按哪十年哪个不在了进行数
我按妈妈有哪几个姨进行数
数不清对不上然后问妈妈姥姥说的 6 是她姊妹 6 个还是
　你有 6 个姨
妈妈说她也没印象了
最后临走姥姥又开始咳嗽了几声

2019 年 6 月 4 日

梦系列之畜兽

动物：狗（后变虎），牛，马，象

一帮孩子领着几只狗及猫猪
家畜
走到河边，眼前有桥
几只狗为了过瘾非要从水里过
狗在水里游得快
这只狗游到河中间把河里的象咬了
变成了虎

人要明白：狗是畜，虎是兽
人要明白：狗也许原始是兽，但如今已然是畜
狗却大逆不道非要蹚这水，非要伤那忠心的牛，就变成了虎
这只虎上岸，然后跟着象
人要明白：象也是兽，不管它看起来多温和
然后岸对面的孩子围起来打虎
虎的主人心生怜悯想挽留
想告诉别人它是那只好狗

牛，也上了岸，跟着它的，是帮手马

可是，已经来不及了，孩子们没把虎打死，但牛已经有
　马跟着来了
并且出现在了狗主人之前

2019 年 8 月 13 日

断　章

（一）

只因为你的眼还是老鹰的眼
普通的鸟容纳不了你的观点
你不必去悲伤，去改变

2014 年 6 月 14 日

（二）

我向往权力
我向往
有更多机会带来正义

2014 年 7 月 13 日

（三）

飞鸟飞过

不去考虑留下什么

清风一片

抑或粪土一点

2014 年 4 月 16 日

海水里捡的日记

——恰是一个普通朋友的名字

拾掇东西

这一本海水里拾的

至今没敢翻的日记

想了想

还是把它放回海里

2014 年 10 月 31 日

梦系列之半鹿人

(一)

时光
把我和 LF 带回了一个古老的西部城邦
我们在时光老人旗下银行里
兑换了一些货币
我们到的这个地方
刚刚得到了解放
这里的商店都在庆祝
这里有各种各样西式的美女
做活动的姑娘有的穿着婚纱
小姐们有的很不俗又不复杂

我们来到一个大拐角的地方
很多人在给半鹿人行礼
半鹿人
非常之强健、绚烂
他卧于美丽的石壁

身旁出身朴素但有母仪天下姿态的女子
他的人类发妻

这只雄鹿明天就要去自绝而死
尽管我们都不因他是过去的国臣而责备他
无论什么人也都敬仰他
他说他明天就去自尽，他代表了一种象征
这里今天来了很多人……

（二）

回来的路上
LF 总惦记着的一个姑娘
没有来送他东西
但我走在他身旁
发现了另一个姑娘眼睛盯着他不移
LF 走进车站，那个姑娘终于跑过来
她是一个平素表情略带忧愁的姑娘
内心很平静、腹有诗书的女子

2018 年 3 月 6 日

青蛙是体操健将

某个年龄某个季节某天夜里某个时间
特定的大脑反应
几点几刻定位是“怀念动物”
于是我看到一只青蛙，追
一只飞虫
后者爬行着突然起飞
蛙刚好咬到一点点于是一个加速度使轻虫带重蛙一起飞起来
虫丝加蛙的黏液和舌头，是连接的绳
虫是直升机，青蛙在三米高空翻着单杠
青蛙是完美的体操健将
定位到“想念亲人”
于是我正想拍下惊叹瞬间我的表侄柏林表侄女
柏萱从我面前路过喊我声叔
于是农民舅舅问起了我考研
说考不上你姑姥爷轻松给你个工作并像个演讲家给我讲着
如何处理八面玲珑和不羁放纵

某个年龄某个季节某天夜里某种刺激
某医学研究人梦游

手脚抽动跑到药柜里

于是手指顺利在纸上写下“天生我材”

顺利推想出“特定时点加特定刺激各种类梦境形成假说”

于是梦不再抽象而成为套路

被艺术家科学家

和对事情欲罢不能者等

利用

世界的神奇戛然而止

人们比青蛙更像青蛙

图书在版编目（CIP）数据

那就随风 / 陈国华著. -- 武汉 : 长江文艺出版社, 2024.8
ISBN 978-7-5702-3497-4

Ⅰ. ①那… Ⅱ. ①陈… Ⅲ. ①诗集－中国－当代 Ⅳ. ①I227

中国国家版本馆 CIP 数据核字(2024)第 046990 号

那就随风
NA JIU SUIFENG

责任编辑：王成晨　　责任校对：毛季慧
封面设计：李　鑫　　责任印制：邱　莉　王光兴
插　　画：孙会淇

出版：长江出版传媒　长江文艺出版社
地址：武汉市雄楚大街 268 号　　邮编：430070
发行：长江文艺出版社
http://www.cjlap.com
印刷：湖北新华印务有限公司

开本：880 毫米×1230 毫米　1/32　印张：5.75
版次：2024 年 8 月第 1 版　2024 年 8 月第 1 次印刷
行数：2942 行

定价：45.00 元